Compañera de Cuarto Dominante 2

Dominación y sumisión erótica

Erika Sanders

Compañera de Cuarto Dominante 2

Erika Sanders
Serie
Dominación y sumisión erótica

Sinopsis

Victoria, Samantha y Cristina son tres chicas que ocupan la misma habitación en la universidad.

Un día, Victoria, que es animadora del equipo de futbol de la universidad, entra en el cuarto todo sudorosa y cansada del ejercicio mientras Samantha está estudiando.

Se va desnudando para darse un baño, pero está tan cansada que se relaja un rato en la cama.

Samantha la mira con una mirada diferente a la de todos los días.

Pero Cristina está al llegar de vuelta de su clase...

Compañera de Cuarto Dominante 2 es una historia perteneciente a la colección Historias Eróticas, una serie de historias de alto contenido erótico.

(Todos los personajes tienen 18 años o más)

Nota sobre la autora:

Erika Sanders es una conocida escritora a nivel internacional, traducida a más de veinte idiomas, que firma sus escritos más eróticos, alejados de su prosa habitual, con su nombre de soltera.

Indice

COMPAÑERA DE CUARTO
DOMINANTE 2
ERIKA SANDERS

CAPÍTULO 1

Vicky abrió la puerta de su dormitorio y dejó caer su bolsa de equipo de animadoras en el suelo, al lado de la puerta.

Ella dejó escapar un suspiro de alivio: había sido una práctica larga y la dejaron exhausta.

"Hola Samy", dijo.

Samantha estaba sentada en su escritorio, enterrada en sus libros de texto de biología, como siempre.

Se apartó el pelo suave de color castaño de la cara y se quitó las gafas con una mano, frotándose los ojos con la otra.

"Hola Vicky, ¿cómo estuvo la práctica?"

"No estuvo mal. Aunque necesito una ducha. Me puse tan sudorosa".

"Ey", dijo Samantha, arrugando la nariz.

Vicky se quitó los zapatos y se intentó sacar el traje de animadora de una pieza sobre la cabeza.

Se quedó atrapado en su cabello, pero después de tirar un poco salió y lo arrojó al cesto de ropa sucia.

Luego se desabrochó la cola de caballo y se dejó caer el fino cabello rubio sobre los hombros.

Se pasó la mano por el pelo, luego se estiró la espalda con las dos manos y buscó a tientas el broche del sujetador.

Samantha todavía la estaba mirando.

"¿Qué?" Vicky preguntó, desconcertada.

"Oh nada."

"Oye, ven y ayúdame a desabrocharme esto, estoy un poco cansada".

Samantha sonrió y puso los ojos en blanco.

"Claro, como si no estuviera ocupada ni nada".

No obstante, se puso las gafas y se levantó, haciendo un gesto a Vicky para que se diera la vuelta.

Ella apartó el cabello de Vicky para agarrar el sujetador.

Vicky se llevó las manos a las caderas mientras esperaba.

Curiosamente, escuchó a Samantha respirar profundamente mientras sus ágiles dedos luchaban por desabrocharle el sujetador.

Samantha estaba cerca, un poco demasiado cerca.

"¿Qué pasa?" Vicky preguntó.

"Sí, se ha doblado de alguna manera. Espera. Lo tengo".

Los senos de Vicky se soltaron cuando su sostén cayó al suelo.

Lo pateó hacia la base del cesto de la ropa.

Dándose la vuelta, sonrió.

"Gracias Samy".

"No hay problema", dijo Samantha mientras volvía a su escritorio.

Vicky se estiró y luego se acercó a la cama en su rincón de la habitación.

Se sentó en el borde, llevando solo puestas sus bragas blancas de algodón.

Bostezó, con los ojos cerrados, como una gatita, y se inclinó hacia delante, con los senos rozando sus brazos, las rodillas apretadas y los pies extendidos a los lados.

Ella arrugó los dedos de los pies en los suaves hilos blancos de la alfombra de piel de oveja falsa al lado de su cama.

Esa había sido la compra de un gran fin de semana en el primer año, cuando ella y Samantha habían conducido a una ciudad costera a media hora al este del campus.

Habían encontrado muchas ideas locas y terminaron por comprar varias cosas, llenado su habitación de objetos kitsch de mediados del siglo pasado.

Samantha le había comprado esta gran alfombra de piel de oveja falsa como broma porque Vicky era una vegana muy estricta en ese momento (ya no lo era).

Fueron Buenos tiempos: a pesar de haberse reunido como compañeras de cuarto durante el primer año, se habían convertido en muy buenas amigas.

Tendría que ducharse pronto, pero Vicky estaba tan cansada que se tiró a la cama y se dejó caer contra las almohadas apiladas contra la pared, en la esquina.

Ella dejó caer los brazos a los costados y volvió a suspirar, cerrando los ojos.

Después de un minuto, escuchó los sonidos de agitación de la dirección de Samantha.

La silla se separó suavemente del escritorio, y pudo escuchar los pies cubiertos por calcetines de Samantha cruzando la habitación hacia ella.

Vicky esperó unos segundos antes de abrir los ojos.

"¿Qué?"

Samantha seguía mirándola, en conflicto.

"¿Hay va mal?"

Lenta pero decididamente, Samantha apoyó la rodilla en la cama de Vicky y se estiró para tumbarse a su lado, frente a ella, a un brazo de distancia.

Miró profundamente a los brillantes ojos azules de Vicky.

Era como si Samantha estuviera escuchando algo.

Vicky no sabía cómo reaccionar, pero nunca se había sentido tan desnuda.

"No, no pasa nada", comenzó Samantha, después de un rato. Se apartó el pelo de la cara. "Alguna vez te has preguntado..."

Ella apartó la vista rápidamente, luego volvió a mirar a Vicky, sosteniendo su mirada.

De repente, Samantha se acercó y la besó en los labios.

CAPÍTULO 2

Vicky se encogió inicialmente, pero luego cedió cuando los labios de Samy se presionaron firmemente contra los de ella.

Sintió que la lengua de Samy salía de sus labios y, sorprendida, la sacudió con la suya y sus lenguas se tocaron brevemente.

Samantha se alejó con un jadeo.

"Lo siento..."

"Shh ..." dijo Vicky, sorprendiéndolas a ambas cuando se acercó a la cabeza de Samantha y la atrajo hacia sus labios.

Sus bocas se cerraron de nuevo, esta vez más hambrientas, explorando.

Vicky metió la lengua en la boca de Samy y fue contrarrestada con un firme empujón hacia la suya.

Samantha se movió más cerca, oh mucho más cerca, y acarició el brazo de Vicky, bajando a su lado, y luego de regreso hacia su axila, trazando las suaves curvas de Vicky.

Su mano terminó debajo del seno derecho de Vicky, y la tomó suavemente, presionando suavemente el pezón entre su pulgar y su dedo índice, sintiendo que se hacía más duro con su toque.

Samantha sondeó suavemente en la boca de Vicky, y pasó su lengua sobre los pequeños y limpios dientes de Vicky.

Cuando Samantha se apartó, Vicky se mordió suavemente el labio inferior en retirada, antes de soltarlo.

Ambas respiraban con dificultad. Samantha miró el cuerpo de Vicky, luego se agachó, y bajó, bajó hasta que su mano descansó en la parte delantera de las bragas blancas de Vicky.

Ella se agachó un poco más.

Vicky cerró los ojos y recostó la cabeza sobre la almohada

("Sí", respiró), y Samantha pudo sentir cómo se relajaba contra su mano.

Samantha se inclinó sobre el cuello expuesto de Vicky y lo besó suavemente tres veces, deteniéndose en el último beso, sacando la lengua (salada) mientras presionaba las bragas húmedas de Vicky.

Ella extendió los dedos y sintió la forma del coño de Vicky a través de la fina tela de sus bragas de algodón.

"Uh huh", gimió Vicky.

Samantha se inclinó aún más, continuó besando su cuello, deslizando su mano izquierda detrás de la pequeña espalda arqueada y desnuda de Vicky.

Con su mano derecha comenzó a masajear arriba y abajo, lenta pero segura.

La humedad pronto se convirtió en unas bragas mojadas.

Finalmente, deslizó su mano hacia arriba y hacia abajo debajo de las bragas de Vicky, los dedos sumergidos en sus pliegues de terciopelo, a tientas en su sexo ardiente por lo que Vicky abrió mucho los ojos.

Los frotó una, dos, tres veces lentamente, luego se apartó y se sentó.

"Eso estuvo bien ... ¡espera no!" dijo Vicky

Samantha se llevó los dedos a la boca y los deslizó, saboreando los jugos de Vicky.

Cuando terminó, se inclinó y enganchó los dedos a los lados de las bragas de su amiga.

"Estas tienen que irse", dijo.

Antes de que Vicky pudiera protestar, comenzó a quitárselas cuando se levantó de la cama.

Vicky relajó su trasero y levantó las piernas, dejando que Samantha le quitara las bragas.

Samantha vislumbró el culito perfecto de Vicky y vio el rosado de su coño debajo de un mechón de cabello rubio rizado.

Ella se lamió los labios, mirándolo con hambre.

Rápidamente, Samantha desabrochó los botones de su blusa y la dejó caer al suelo.

Se desabrochó los vaqueros y bajó la cremallera, haciendo una pausa, luego enganchó los pulgares a los lados de los pantalones y se los bajó.

Se quitó los calcetines azul claro y se puso de pie para revelar un simple par de braguitas de corte azul claro con una flor bordada en la parte delantera.

"No puedo creer que estemos haciendo esto", dijo Vicky, suavemente.

Samantha se desabrochó el sujetador y se lo quitó, luego enganchó los pulgares en los costados fibrosos de sus bragas, se las quitó y las apartó con un dedo del pie.

Samantha se arrastró de regreso a la cama y luego balanceó sus largas piernas sobre la cabeza de Vicky, hacia atrás.

Vicky todavía estaba apoyada sobre las almohadas, y de repente se encontró mirando directamente al coño de Samy, a unos 3 centímetros de distancia.

Su flor rosa apareció ligeramente, y Vicky respiró profundamente el aroma fragante de Samantha.

Su coñito estaba absolutamente depilado.

"¡Ahora sé por qué pasas tanto tiempo en el baño los sábados por la mañana!" ella rió.

Las risitas de Vicky se cortaron con un jadeo, cuando Samantha pasó su lengua sobre el clítoris de Vicky y luego la bajó suavemente hacia su agujero rosado y húmedo.

Se retiró rápidamente y se echó a reír con deleite, apoyándose en un brazo para quitarse el suave y lujoso cabello castaño de la cara.

Se bajó nuevamente, acariciando la nariz con el mechón rubio y rizado de vello púbico de Vicky, respirando profundamente y sonriendo.

Ella sintió el aliento caliente de Vicky en su coño desnudo.

Vicky extendió la mano alrededor de los muslos de Samantha y agarró su trasero con ambas palmas.

Levantando un poco la cabeza hacia adelante, abrió la boca y cubrió todo el coño de Samy, dejando que su lengua y saliva se deslizaran por toda el área.

Samantha apretó la nariz con más fuerza contra el vello púbico de Vicky y abrió la boca en éxtasis silencioso.

Los dedos de sus pies se tensaron involuntariamente sobre las almohadas a ambos lados de la cabeza de Vicky, mientras Vicky cerraba los ojos y masajeaba su coño con movimientos húmedos y rítmicos de su boca.

Samantha extendió la mano alrededor de las piernas de Vicky y debajo de su trasero, y usando las puntas de sus dedos, separó suavemente los labios de Vicky hasta que pudo ver la humedad caliente y rosada de su vagina interna.

Dejando que su cabello cayera alrededor de su cabeza y acariciara la piel de Vicky, se zambulló, lengua primero y comenzó a lamer profundamente.

Oh, sabía fuerte por el sudor de su entrenamiento, dulce y almizclado.

Ella lamió arriba y abajo con su lengua.

Vicky se tensó contra la cara de Samy y retrocedió.

Instintivamente, levantó las piernas en el aire y dobló las rodillas, dándole a Samantha un acceso más profundo.

Ella agarró el trasero de Samantha con fuerza y empujó su cara contra su coño con vigor y variedad.

Pronto cayeron en un ritmo: Samy presionaría sus labios sobre Vicky mientras Vicky inclinaba su cabeza hacia adelante, luego Samantha presionaría su coño suavemente contra los labios de Vicky mientras se recostaba sobre la almohada.

Sus cuerpos, balanceándose lentamente de un lado a otro, pronto se desvanecieron en oleadas ciegas y candentes de placer aparentemente interminable.

La habitación se vació de todo, excepto los sonidos apagados de la lengua caliente en el coño mojado.

Vicky lo sintió primero, un lento apretamiento en su estómago.

Pero el calor se extendía como una lenta inundación a través de su cuerpo.

Ella gimió mientras presionaba su lengua en los pliegues del coño de Samy.

Samantha sintió el gemido de Vicky como un pequeño vibrador contra su tierno clítoris.

Ella cerró los ojos cuando sintió que ella también comenzaba a ir al límite.

Su ritmo aumentó, muy ligeramente, porque eso fue suficiente.

Podían saborear lo que estaba por venir.

Lamiendo, sorbiendo, presionando sus labios y lenguas más y más fuerte, sintieron la marea creciente entre sí a medida que sus olas de placer se acercaban más y más, y más y más ...

Y luego, oh, estaba sucediendo, y se corrían, se corrían tan hermosa y maravillosamente.

Vicky sentía que el sexo caliente de su compañera le fluía por los labios y la barbilla.

Samantha pudo saborear un sabor diferente, más caliente y un poco agrio, profundo en el coño de Vicky.

Y sintiendo espasmos una y otra vez y el placer las invadió como una cascada, y parecía que nunca terminaría.

Y luego, lentamente, con suavidad, este disminuyó, y se lamieron la una a la otra en silencio, y luego Samantha rodó sobre su costado, acurrucada, agotada, por ahora.

Vicky miró hacia el techo, dibujando el dorso de su mano sobre su rostro, limpiándose la humedad de la boca, respirando profundamente.

Oh, mi amor.

El sol entraba por las ventanas y todo en la habitación parecía de un color diferente: todo había cambiado, de repente, de manera preocupante pero también deliciosa.

Murmurando con satisfacción, Vicky se deslizó junto a Samantha, todavía boca abajo y la acarició.

Samantha levantó la pierna para que Vicky pudiera descansar la cabeza sobre la parte interna del muslo, y apoyó la cabeza sobre el muslo de Vicky de la misma manera.

Vicky rodeó a Samantha y la abrazó con fuerza.

"Te amo Samantha", dijo.

Aleteos de alegría llenaron el pecho de Samantha.

Había esperado tanto tiempo para escuchar esas palabras, y ahora finalmente habían llegado.

Pronto se acomodaron para lamer tranquilamente los jugos de la otra nuevamente, languideciendo en la comodidad de su sesenta y nueve de lado.

Y la puerta se abrió.

Y entre las piernas de Vicky, Samantha vio, parada en la puerta, boquiabierta por el asombro, su tercera compañera de cuarto: Cristina.

Oh no.

La dulce e inocente Cristina, parada allí con su mochila de cuero en la espalda, con ese cabello rojo largo y salvaje que le caía sobre los hombros.

Con una mano en el picaporte.

"Lo ... lo siento mucho", fue todo lo que pudo decir, antes de salir de la habitación y cerrar la puerta a toda prisa.

CAPÍTULO 3

Cristina se quedó parada en el pasillo, agarrando el marco de la puerta con una mano, contra la pared, y respirando con dificultad.

¿Qué acababa de ver?

No podía creerlo: dos meses viviendo con ellas y no había sospechado nada.

Había tenido reservas acerca de ser una chica de primer año asignada a una habitación con dos chicas de segundo año que ya se conocían, pero no tenía idea de que llegarían a esto.

Ella no tenía idea de que ellas eran ... ellas eran ...

¿Qué debería hacer ella?

Tenía que mudarse, tenía que solicitar una transferencia.

No había forma de que se sintiera cómoda sabiendo que sus compañeras de cuarto eran amantes.

Era demasiado extraño, y más de lo que había temido, siempre serían dos contra una.

Pero entonces ... ¿qué acababa de ver?

No podía, lo intentaba, pero no podía sacar la imagen de su mente.

Fue mucho, mucho.

Habían estado recostadas allí en la cama de Vicky, totalmente descubiertas, desnudas y ... entrelazadas.

Solo una maraña incómoda y carnosa de piel suave y acogedora y piernas largas y delgadas.

Habían estado ... comiéndose la una a la otra.

Caras enterradas entre las piernas.

Y Samantha la había visto, la miraba directamente con esos grandes ojos marrones ensanchados por la sorpresa, su lengua aún se retiraba de la entrepierna de Vicky, que era tan ... rosa.

Y el culo de Vicky era tan bien proporcionado y se estaba moviendo acogedor.

No, no, no.

La boca de Cristina estaba seca y tragó.

¿Por qué estaban pasando estos pensamientos por su cabeza?

Es cierto que se había sentido sola.

Los chicos ciertamente le prestaban mucha atención, pero su buena apariencia había hecho que muchas chicas se mantuvieran distantes y alejadas.

Y ella siempre se había sentido excluida por sus dos compañeras de cuarto, que sin duda eran lo suficientemente amables, amistosas, pero siempre habían compartido algo entre sí que no lo hacían ella.

Y ahora ella lo sabía.

Pero tal vez ... ella no podía.

No podía simplemente entrar allí y enfrentarlas.

Sería demasiado.

Pero ella quería saber.

Ella quería ver lo que estaban haciendo.

Su mano se extendió y sus dedos pálidos y delgados se envolvieron alrededor del pomo de la puerta.

CAPÍTULO 4

Ella cerró la puerta rápidamente detrás de ella.

Vicky y Samantha se volvieron hacia ella mientras estaban en medio de una conversación.

Habían estado sentadas en el borde de la cama desnudas, hablando en voz baja sobre lo que acababa de suceder.

Cuando Cristina regresó a la habitación, Vicky se puso una camiseta suelta contra el pecho en un débil intento de cubrirse los senos y comenzó a ponerse de pie.

"Mira, Cristina, lo sentimos ..."

"No tienes que sentirlo. Es solo que ... no lo sabía. Y regresé porque deberíamos hablar de eso".

Cristina estaba parada torpemente frente a la puerta, tratando de apartar sus ojos de la vista del cuerpo desnudo de Samantha.

Ella jugueteaba con el dobladillo de su falda a cuadros marrón.

Vicky miró a Samantha, inquisitivamente.

"Nos atrapaste en un momento incómodo", comenzó Samantha. "Nunca habíamos hecho esto antes".

Cristina pensó en esto.

"Bueno, de todos modos, es probable que esto sea incómodo si ustedes dos están ... involucradas, supongo. Puedo organizar el traslado a otra habitación o algo así. Está bien, no me importa".

Samantha asintió a regañadientes, pero Cristina todavía no la estaba mirando directamente.

Pobre Cristina, pensó.

Esto fue todo un shock para ella.

Se veía tan dulce, parada allí nerviosamente con su blusa blanca limpia y su pequeña falda marrón.

Sus largas y delgadas piernas estaban cubiertas con estas grandes botas de cuero marrón que llegaban justo debajo de sus delicadas rodillas.

Cristina movió la punta de su bota izquierda, girando alrededor del tacón casi, un poco, traviesa.

Todavía evitaba la mirada de Samantha, hasta que finalmente sus ojos se encontraron por un instante, y sus ojos brillaron de vergüenza.

Las mejillas de Cristina se sonrojaron.

"Yo ... no sé por qué volví, debería volver después de que estén vestidas".

"Espera", dijo Samantha.

Se puso de pie y caminó lentamente por la habitación con los pies descalzos, disminuyendo la velocidad al acercarse a Cristina.

Pensó en mil cosas posibles que decir, pero terminó diciendo:

"Deberías soltar la bolsa".

Cristina se la quitó del hombro sin pensar, y Samantha extendió la mano y la ayudó a bajarla al suelo.

Desnuda y ansiosa, se paró un poco a un lado, pero muy cerca, de Cristina y la miró directamente.

Los ojos de Cristina recorrieron salvajemente la habitación, mirando a todas partes menos a Samantha.

Su respiración se volvió superficial y rápida.

Finalmente descansó su mirada en los pechos desnudos de Samy, los pezones se endurecieron perceptiblemente.

Samantha extendió la mano y levantó la barbilla de Cristina.

Se inclinó y Cristina cerró los ojos y sus bocas estaban juntas, abiertas y sabrosas.

Cristina gimió en una mezcla de consternación y placer.

Ambas escucharon el suave sonido de Vicky soltando la camisa que ella había agarrado a su pecho.

Cristina sintió las manos de Samantha subiendo y bajando por sus costados y presionando, y abrazó a Samantha tentativamente a cambio, deslizando sus manos hacia el costado de sus senos desnudos, y luego hacia abajo y hacia atrás para sostenerla firme y completamente el culo.

Presionaron sus cuerpos, y luego Samantha se apartó un poco.

Ella sonrió con picardía y comenzó a desabotonar la blusa de Cristina.

Cristina abrió la boca para protestar, pero de repente Vicky estaba allí junto a Samantha, con una seria mirada de deseo en sus ojos.

"Oh Cristina", fue todo lo que pudo manejar, apretando sus labios apasionadamente contra los sorprendidos pero encantados labios de Cristina.

Vicky se apoyó en su boca, saboreando la dulce boca de Cristina.

Samantha terminó de desabrochar la blusa de Cristina y presionó su espalda contra la puerta.

Vicky se dejó caer al suelo, en cuclillas, hasta que estuvo justo frente a la falda de Cristina.

Presionó su cara contra la entrepierna y respiró hondo a través de la tela escocesa rasposa.

Mientras Cristina miraba hacia abajo, Samantha se acercó y agarró las copas del sujetador de Cristina.

Las volteó hacia abajo para que ambos senos de Cristina se derramaran.

Tocó con la lengua uno de los pequeños pezones rosados de Cristina, y Cristina sintió pequeñas descargas eléctricas subir y bajar por su columna vertebral.

"¡Oh!"

Samantha rodeó el pezón con sus labios y lo chupó suavemente, masajeándolo la pequeña protuberancia con la lengua.

Luego, Samantha comenzó a amasar y masajear ambos senos con las manos, aplicando su boca caliente primero a un pezón, luego al otro ... sacudiendo, provocando, chupando.

Vicky levantó la parte delantera de la falda de Cristina con una mano, revelando sus bragas de algodón estilo bikini.

Con su otra mano, lentamente apartó las bragas a un lado.

Los labios del coño de Cristina estaban húmedos y sobresalían un poco, y Vicky sintió un escalofrío de lujuria en su cuello.

Levantó la punta de su lengua ligeramente hacia arriba y a través del clítoris, sintiendo a Cristina ponerse rígida contra la puerta.

Se inclinó con la lengua temblando y comenzó a comerla en serio.

Dejando que la falda descansara sobre su cabeza, Vicky buscó detrás y debajo de sí misma y comenzó a masajear su propio coño húmedo y empapado.

Al sentir la lengua caliente en su coño por primera vez, Cristina extendió una mano libre, buscando algo, cualquier cosa: enroscó los dedos alrededor del pomo de la puerta y rápidamente se convirtió en lo único que evitaba que se derrumbara en el suelo, mientras las sensaciones de Samantha amamantando sus senos y Vicky comiendo su coño amenazaban con abrumarla con éxtasis.

Jadeó por aire (afuera y adentro con cada descarga de placer) mientras luchaba por evitar gemir.

Todo había sucedido de manera tan repentina y simple: Cristina nunca había imaginado que pudiera consumirse tanto por la lujuria por las mujeres.

Pero aquí estaba.

Ciertamente había experimentado algunas fantasías pasajeras en las pocas ocasiones en que había visto a sus atractivas compañeras de cuarto descansando en ropa interior, pero nada la había preparado para las sensaciones de ... oh, oh, ¡oh! Vicky metiendo y sacando la lengua rápidamente del agujero de Cristina.

Sonriendo, Vicky apartó la cabeza de debajo de la falda de Cristina.

"Mmmmm ... ¡sabes muy rico, cariño!".

Vicky comenzó a buscar la cremallera de la falda de Cristina.

Samantha besó desde los senos de Cristina hasta su cuello, y luego extendió la mano y desabrochó su sujetador, sacándolo y dejándolo caer a un lado.

También ayudó a Cristina a esquivar su blusa hacia el suelo.

Mientras hacía esto, Vicky logró desabrochar la falda de Cristina, y también la tiró al suelo, arrastrando con ello las pequeñas bragas amarillas de Cristina alrededor de sus tobillos.

Levantando la mano, agarró las dos manos de Cristina y se levantó.

Ella sonrió, mirando a los ojos asombrados de Cristina, luego a sus piernas, todavía cubiertas con esas botas altas de cuero.

Levantó la mirada lentamente, saboreando las largas piernas de Cristina, su delgada cintura y sus senos perfectamente formados.

"Vamos a pasarlo en grande. Cristina, eres ... impresionante".

Todavía sosteniendo las dos manos de Cristina, Vicky la ayudó a quitarse completamente las bragas y la empujó suavemente hacia la habitación.

Terminaron de nuevo al lado de la cama de Vicky, y se unieron para besarse y tocarse en otro abrazo.

Samantha se colocó detrás de Cristina y pasó las manos sobre el pequeño y perturbador trasero de ella.

En lugar de ir a la cama, Vicky bajó a Cristina y la recostó suavemente sobre la alfombra de piel de oveja falsa.

Cuando Vicky la bajó, con una mano alrededor de la nuca, Cristina miró a Vicky con los ojos llenos de confianza y entusiasmo.

Acostada sobre la alfombra, Cristina ronroneó con aprobación mientras los suaves mechones blancos la envolvían, haciéndole cosquillas en los hombros y la espalda.

Pequeños palitos acariciando su culo y su hendidura un poco, haciendo que su coño mojado se tensara ligeramente en respuesta.

Ella yacía con las piernas separadas, las rodillas dobladas, los pies sobre la alfombra, con Vicky arrodillada entre ellos.

Vicky se deslizó hacia abajo hasta que estuvo sobre sus codos y rodillas, con la cabeza frente al coño de Cristina.

Estaba ligeramente abierto y los labios estaban desnudos, solo un pequeño mechón de pelo rojo rizado sobre su clítoris.

Deslizó sus manos debajo del culo de Cristina, acercando su sexo a los labios de su boca, y luego plantó un beso firme y suavemente succionador en el clítoris de Cristina.

Cristina exhaló audiblemente.

Vicky lo besó de nuevo, esta vez se quedó abajo, otra vez chupando suavemente, suavemente, suavemente, luego su lengua se deslizó hacia afuera y sobre el coño de Cristina.

Su boca estaba abierta, humedeciéndolo y masajeándolo.

Cristina arqueó la espalda y echó la cabeza hacia atrás contra la alfombra, con la boca abierta y los ojos cerrados por el placer.

Un pequeño gemido se le escapó.

Samantha, de pie delante de ellas, no podía mantenerse fuera de esta fantasía por más tiempo.

Era una vista hermosa: Cristina retorciéndose en la alfombra con Vicky comiéndola, su pequeño trasero bien formado ondeando en el aire.

Samantha también se puso de rodillas detrás de Vicky, y Vicky pudo sentir la nariz de Samantha en su grieta y su cálido aliento en su pequeño coño.

Samantha comenzó a lamer y excavar en sus pliegues, y durante unos breves momentos, Vicky se encontró de manera increíble en el eslabón central de una cadena de lujuria lesbiana.

Imaginó el placer que entraba por su coño, subía por su cuerpo y salía por su boca sorbiendo.

Después de medio minuto, Samantha retrocedió y se arrodilló.

Ella se acercó por detrás y a la izquierda de Vicky, rozando su entrepierna contra la curva del trasero de Vicky.

Samantha extendió las nalgas de Vicky con su mano derecha y comenzó a masajear firmemente su coño, ahora con una vista completa de los efectos de su mano sobre la acción caliente que se desarrollaba en el piso frente a ella.

Cristina volvió a abrir los ojos y se apoyó sobre los codos.

Estaba mirando como Vicky empujaba su boca repetidamente contra su montículo.

Vicky levantó los ojos, vio a Cristina mirando con asombro y echó un poco la boca hacia atrás.

Extendió su larga lengua puntiaguda y separó los labios de Cristina, provocando los pliegues con un pequeño movimiento de izquierda a derecha.

Cristina continuó observando, hechizada, mientras la lengua húmeda y reluciente de Vicky trazaba el rosa de entre los labios del coño de Cristina, deslizándose hacia arriba y hacia abajo, y de nuevo hacia arriba y hacia abajo a lo largo de todo su coño.

Vicky retiró su lengua ligeramente, y una fina hebra de saliva y los dulces jugos de Cristina se extendieron entre la lengua y el coño.

Vicky aplicó su lengua hacia atrás, ahora con la punta en el clítoris de Cristina.

Giró la punta de su lengua en pequeños círculos, enviando ondas de choque a través del cuerpo de Cristina.

Los pies de Cristina se alejaron del piso mientras levantaba las rodillas, extendiéndose más para las atenciones de Vicky.

Vicky agarró su trasero con más fuerza y elevó el centro de gravedad de Cristina más alto.

Su lengua se deslizó hacia abajo y rodeó el pequeño y apretado agujero de Cristina y comenzó a meter la punta de la lengua dentro.

Poco a poco, la resistencia disminuyó, y Vicky fue capaz de trabajar lentamente una parte considerable de su lengua en el agujero de Cristina.

Las calientes y texturizadas paredes vaginales del coño de Cristina se agarraron y tiraron de la lengua de Vicky, rítmicas y ansiosas.

Pequeños espasmos involuntarios sacudieron la barriga de Cristina.

"Oh. Sí. Cómeme". Cristina se sorprendió con las palabras que escaparon de su propia boca.

Ambas asombrados por el entusiasmo de Vicky, Samantha y Cristina se miraron mutuamente y se miraron profundamente a los ojos.

Samantha sintió que algo se agitaba dentro de ella mientras Cristina continuaba mirándola, su expresión endureciéndose y cada vez más segura.

Vicky continuó presionándose contra la mano de Samantha y lamiendo a Cristina, ajena al repentino silencio.

Los ojos de Cristina brillaron y se entrecerraron por invitación.

Sus labios se separaron, y la punta de su pequeña lengua húmeda trazó su labio superior lentamente.

Samantha asintió entendiendo.

"Ven aquí", susurró Cristina.

Samantha se puso de pie, la emoción enrojecida por su cuerpo.

Se puso de puntillas sobre y detrás de la cabeza de Cristina.

Samantha se puso de rodillas y bajó la cara para que estuviera boca abajo frente a la de Cristina.

Cristina estaba en conflicto: la lengua de Vicky la tenía bailando al límite, pero al mismo tiempo estaba tratando de transmitir cuánto quería a Samantha.

Tan dulce, tan tentador, pensó Samantha.

Sonriendo, Samantha la besó: las sensaciones de las superficies de sus lenguas en contacto directo los sorprendieron a ambas.

Se besaron hambrientas, mordiéndose suavemente los labios y saboreándose.

Samantha se arrastró hacia adelante, boca abajo, y se encontraron los senos con la boca, lamiéndose y succionándose.

Cristina estaba encantada con la sensación de que el pezón de Samantha se endurecía entre sus labios, mientras chupaba suavemente uno de sus senos colgantes.

Arrastrándose hacia adelante aún más, Samantha terminó de rodillas, a horcajadas sobre el pecho de Cristina, hacia atrás.

Miró hacia abajo sobre su hombro para encontrarse con la asombrada mirada de Cristina.

"¿Estás lista?" preguntó Samantha.

"Sí", respiró Cristina.

Lentamente, Samantha se sentó en la cara de Cristina.

Cristina abrió mucho la boca y extendió la lengua, mientras la carne suave y tierna de Samantha la cubría suavemente.

Deslizando su lengua por el clítoris de Samantha y por su raja, probó el coño por primera vez, y... ¡Samantha sabía tan bien!

Cristina respiró profundamente, su nariz enterrada en los recovecos de Samantha, y comenzó a lamer rítmicamente sus labios húmedos y también mojados con saliva.

Samantha podía sentir su pequeña lengua debajo de ella y cerró los ojos de placer.

Esto estaba mucho más allá de sus sueños más salvajes.

Vicky, que seguía comiendo el coño de Cristina, se detuvo y se puso de rodillas, observando el espectáculo que tenía delante.

Samy, con los ojos aún cerrados, tenía la boca abierta en éxtasis, y su elegante cabello castaño oscuro estaba revuelto alrededor de su cabeza, despeinado por su amor.

Para Vicky, ella nunca se había visto tan hermosa.

Y allí estaba ella, balanceándose ligeramente arriba y abajo mientras cabalgaba sobre la cara de Cristina.

Samantha abrió los ojos y le sonrió a Vicky, emocionada.

Al ver que el coño de Cristina estaba libre, Samantha aprovechó la oportunidad y bajó la cara, inclinándose, para continuar donde Vicky lo había dejado.

Metió la lengua en la rendija de Cristina, probándola por primera vez, y sorbió los jugos que ahora fluían copiosamente.

Vicky les dejó comerse la una a la otra, por un rato, hambrientas y ansiosas en su caliente sesenta y nueve.

Cristina ahora tenía las piernas muy altas, las rodillas casi hasta los hombros de Samantha, mientras se acercaba a su cuerpo.

Samantha la sostuvo con los brazos delante de los muslos de Cristina mientras metía la lengua en su coño, simultáneamente apretando su propio coño en la boca traviesa de Cristina.

"Ummm, ummm, ummm ..." gruñeron al ritmo de ambas.

Vicky tocó la parte posterior de la cabeza de Samantha, haciéndola levantar la vista de su lamida.

"Tengo una idea", dijo Vicky.

CAPÍTULO 5

De mala gana, bajó las piernas de Cristina y se levantó, aún sentada en la implacable boca de Cristina.

Pero ella había visto el brillo en los ojos de Vicky y sabía que esto sería bueno.

Vicky se movió junto a Samantha y la besó, saboreando los jugos de Cristina en su boca.

Luego se dio la vuelta y se sentó a horcajadas sobre Cristina también, su espalda rozando los senos de Samantha.

Agarró la parte de atrás de las rodillas de Cristina y volvió a doblar las piernas revestidas de botas de cuero para poder ver el coño de Cristina.

De pie, se inclinó por completo, con la flexibilidad de una animadora, apoyando las palmas sobre la alfombra de piel de oveja frente al trasero de Cristina.

Bajó la boca para que estuviera justo en frente del coño empapado de Cristina y se zambulló en él.

Samantha se encontró, boquiabierta de asombro, mirando directamente al coño extendido de Vicky.

Vicky estaba erguida sobre sus pies, casi erguida, los músculos de sus hermosas piernas se tensaron y temblaron ligeramente.

Samantha tiró de la parte delantera de sus rodillas para estabilizarla.

Sin necesitar más indicaciones, Samantha presionó su rostro contra el sexo de Vicky, completando un triángulo casi imposible de bocas calientes en coños húmedos y goteantes.

Cristina, aún enterrada bajo Samantha, aceleró el paso.

Ella había sido muy excitada por el intercambio de lenguas en su coño antes.

Desde su punto de vista, podía ver más allá de la parte baja de la espalda lisa de Samantha, y vislumbró la cabeza de Samantha enterrada entre las nalgas de Vicky.

Cristina sintió un cálido sonrojo atravesándola: toda esta escena era más caliente que cualquier cosa que jamás hubiera imaginado.

Cristina ya había tenido más placer del que podía soportar, y finalmente, cuando sintió la pequeña y ardiente lengua de Vicky deslizarse dentro y fuera de su coño y sobre su clítoris, Cristina supo que estaba cerca de correrse y que no sería capaz de contenerse por más tiempo...

Vicky comenzó a resistirse cada vez más fuerte contra la boca de Samantha, hasta que Samantha finalmente no pudo aguantar más.

Alzando las manos, Samantha hundió dos dedos de cada mano en el agujero de Vicky y deslizó su lengua con fuerza contra su clítoris.

Casi de inmediato, Vicky comenzó a correrse.

Chorros de jugos blancos corrían por su coño y por todo el rostro de Samantha.

Samantha dejó caer gotas de ella en su boca abierta.

Al mismo tiempo, olas de orgasmo atravesaron el cuerpo de Cristina.

El rubor del sexo ardiente llenó todos sus sentidos, y sintió que se acercaba al borde de una cascada gigante.

Su grito de clímax fue amortiguado contra el coño de Samy.

Vicky, apenas consciente de lo que estaba sucediendo a su alrededor por su propia llegada de su orgasmo, esperó hasta que los espasmos en el coño de Cristina disminuyeron.

Ella se derrumbó hacia adelante, mientras los dedos de Samantha se deslizaban fuera de su coño.

Se acurrucó de lado en posición fetal sobre la alfombra de piel de oveja, sonriendo.

Había sido tan increíble.

Samantha, aún sentada en la boca de Cristina, se limpió el jugo de la cara y le devolvió la sonrisa.

Estaba más caliente que nunca en su vida, y podía sentir el hormigueo revelador de su propio orgasmo.

Pero Cristina tendría que trabajar para ello.

"Vamos nena, puedes hacer que me corra", dijo.

Cristina aceleró el paso.

Samantha se recostó en la cara de Cristina.

Cerró los ojos y se lamió los labios mientras colocaba las palmas de las manos en la parte baja de la espalda arqueada.

Ella comenzó a balancearse suavemente hacia arriba y hacia abajo, pareciendo equilibrar su peso finamente en la punta de la lengua de Cristina.

Cristina, casi terminando de recuperarse de su orgasmo, sintió una nueva emoción ante la idea de provocar un orgasmo de otra chica.

Levantó las manos y acarició los senos bien formados de Samantha, pasando los dedos sobre sus pezones duros.

Cuando Samantha presionó más su rostro, Cristina comenzó a meter y sacar su lengua de su boca de manera más firme y dura.

La punta de su lengua se deslizó por la ranura entre los labios del coño de Samantha y contra su clítoris, húmeda y resbaladiza.

De ida y vuelta, de ida y vuelta.

Samy ya casi estaba allí.

Vicky observó a Samy coquetear con los bordes de su orgasmo.

Sus ojos permanecían cerrados y su boca abierta de placer, sus labios brillando.

"Me voy a correr ... mmm ... ¡Me estoy corriendo! ¡Oh! ¡Sí! ¡Me estoy corriendo!"

Samantha echó la cabeza hacia atrás, con la boca abierta, y se perdió en el clímax.

Ella se corría, corría, corría.

Calor, sexo, lenguas, chicas comiéndose.

El tiempo se detuvo cuando sintió su esencia abrumada por el éxtasis candente.

Después de lo que pudo haber sido una eternidad, lentamente sintió que cada uno de sus sentidos regresaba.

Primero, la sensación de la lengua de Cristina lamiendo los jugos profundamente dentro de su coño.

Luego, el sonido de su propia respiración dificultosa, volviendo a la normalidad.

Finalmente, el aroma almizclado del sexo y las tres chicas corriéndose juntas en la habitación.

Ella abrió los ojos.

Vicky yacía allí delante de ella, apoyada sobre un codo, sonriendo.

Samantha se apartó de la boca de Cristina y se arrastró hacia adelante sobre sus manos y rodillas.

Besó a Vicky suavemente, ambas riendo.

Se dio la vuelta y, mirando la mirada de satisfacción de Cristina, su sonrisa se suavizó.

Samantha se inclinó y la miró a los ojos.

"Gracias", dijo ella, antes de presionar su boca contra la de Cristina, con las lenguas mezcladas, el sabor del propio coño de Samantha todavía en los labios de Cristina.

Después de largos y tiernos momentos, ella se retiró.

Cristina la miró con pura adoración.

Samantha se tumbó en la alfombra junto a Cristina, y se abrazaron la una a la otra.

Vicky se arrastró para unirse a ellas, y dejaron que los siguientes minutos se pasaran bajo el sol de la tarde, besándose suavemente, susurrando dulces palabras, acariciándose con las manos, las rodillas y los pies, riéndose mientras casualmente sumergían los dedos en los calientes y húmedos coños.

Estaban relajadas, húmedas y abiertas, después de bajar de sus máximos orgásmicos, y había un sentimiento mutuo de euforia, de que confiaban las unas en las otras por completo.

CAPÍTULO 6

Vicky terminó acariciando a Cristina desde atrás, cepillando suavemente su cabello rojo y acariciando la nuca.

Samantha estaba del otro lado, intercalando a Cristina entre ellas.

Una pausa de contento silencio pasó sobre ellas, y Vicky deslizó su mano por el costado de Cristina y comenzó a acariciar su trasero.

Cristina estaba acurrucada y Vicky sonrió mientras sus manos se movían sobre las mejillas redondas y bien formadas de Cristina.

Tan suave y tan tierna.

Con tres dedos, Vicky los sumergió entre las nalgas de Cristina y comenzó a masajear su sexo.

Cristina murmuró en aprobación.

Vicky metió el dedo medio y Cristina lo apretó con fuerza.

Mordiendo ligeramente el hombro de Cristina, Vicky comenzó a bombearlo hacia adentro y hacia afuera: sacó su dedo para que solo la punta estuviera adentro, luego lo empujó lentamente hacia su nudillo, luego volvió a sacar.

"Ooooohhhh ... Así Vicky, así".

Samantha sonrió, acostada de lado frente a Cristina.

Con su mano debajo de la cabeza de Cristina, se unieron y comenzaron a besarse.

Sus labios estaban salados, húmedos y sabrosos.

Sus pechos estaban presionados, y sus pezones se endurecieron una vez más.

Samantha sintió que el ritmo en el cuerpo de Cristina comenzaba de nuevo mientras Vicky continuaba follándola constantemente por detrás.

Samantha deslizó una de sus propias manos por la parte delantera del cuerpo de Cristina mientras se besaban, y apoyó las puntas de sus dedos sobre la parte superior del montículo pulsante de Cristina.

Ella tomó el ritmo y comenzó a frotar el clítoris de Cristina con creciente presión.

Cristina sintió el cosquilleo familiar que le subía por el cuello y arqueó la espalda cuando los dedos de sus dos compañeras hicieron magia dentro de ella.

Podía sentir el calor de sus cuerpos presionados a ambos lados de ella.

Los hermosos pechos de Samantha se movieron contra los suyos, e imaginó a Vicky detrás de ella, esa linda y alegre rubia con sus brillantes ojos azules y su sonrisa contagiosa.

Esa misma muchacha adorable ahora era la que le lamía el lóbulo de la oreja mientras metía y sacaba el dedo del agujero lleno de placer de Cristina.

Estaba tan mojada que podía escuchar el dedo entrar y salir ahora.

Los dedos de Samantha en su clítoris también enviaban pequeñas descargas eléctricas en todo su cuerpo.

Abrió la boca y escaparon pequeños jadeos cuando el ritmo la alcanzó.

Todo su cuerpo comenzó a temblar cuando suaves olas de orgasmo la bañaron, una y otra y otra vez.

Samantha sonrió mientras sostenía el cuerpo tembloroso de Cristina.

Vicky sintió que la mancha húmeda brotaba de su mano, y siguió bombeando su dedo dentro y fuera hasta que la contracción de la vagina de Cristina disminuyó.

Suspirando satisfecha, comenzó a retirar su dedo.

"No te detengas", ordenó Cristina, su voz fuerte y decidida.

Miró a los grandes ojos marrones de Samantha.

Samantha miró hacia atrás inquisitivamente, y la esquina de su sonrisa se curvó en comprensión.

Cristina asintió con la cabeza.

"Vicky, pon otro dedo adentro", dijo Samantha.

Sorprendida, Vicky deslizó fácilmente su dedo índice al lado de su dedo medio, sintiendo las paredes del coño de Cristina apretarse con aprobación.

Ella comenzó a bombearlos dentro y fuera nuevamente, ayudada por los jugos resbaladizos de Cristina.

Samantha comenzó a tocar el clítoris de Cristina.

Cristina miró a Samantha asombrada.

Ella quería esto.

Ella quería esto más que nada.

Quería que Vicky se apretara contra ella desde atrás, sus pequeños pezones rosados le rozaban la espalda, gruñendo con su linda y pequeña voz mientras metía dos dedos en el húmedo y acogedor agujero de Cristina.

Quería a Samantha, la hermosa Samantha, con su lujoso cabello largo y oscuro, sus largas y sensuales pestañas, su pequeña y delgada nariz y esos hermosos y expresivos labios rojos.

Brillante y húmeda, con la punta de su lengua rosa frotando contra ellos, mientras se concentraba en los movimientos expertos de su mano contra el pulsante clítoris de Cristina.

Samantha se agachó un poco más, todavía frotando el clítoris de Cristina, pero ahora las puntas de sus dedos se deslizaron contra los dedos de Vicky, bombeando apasionadamente en el coño de Cristina, resbaladizo y cubierto con sus jugos.

Cristina sintió que los dedos de sus amigas se mezclaban frenéticamente debajo de ella, empujando, frotando y deslizándose contra su sexo caliente y húmedo, y abrió los brillantes ojos verdes de par en par.

Cuando arqueó la espalda y apretó los puños, tuvo una sensación semiconsciente de la magnitud de lo que estaba por venir.

Cuando su visión comenzó a desvanecerse, escuchó los sonidos húmedos y calientes de los dedos de Vicky golpeándose dentro y fuera de su agujero con un tono febril, mientras los dedos de Samantha apretaban cada vez más fuerte contra cada parte de su clítoris y coño mojado.

Y luego ... y luego ...

Ella estaba corriéndose.

Echó la cabeza hacia atrás, cerró los ojos con fuerza y abrió la boca lo más que pudo en un glorioso y silencioso grito de éxtasis inconmensurable.

Ella estaba corriéndose.

Y ella sacó su pecho cuando un millón de explosiones sacudieron su cuerpo suave y lechoso.

Ella estaba corriéndose.

Y sintió una avalancha de oleadas calientes en su coño y alrededor de los dedos de Vicky y Samy.

Y la conciencia de Cristina se desvaneció en el vaivén de las olas del orgasmo sin fin.

FIN

TRAICIONADA
ERIKA SANDERS

45

CAPÍTULO I

Becky oyó el ruido de la llave en la cerradura.

Bajó corriendo las escaleras, encendió la luz del pasillo y abrió la puerta.

Jack estaba allí bajo la lluvia, con la capucha puesta sobre su cabeza, la llave se detuvo en su mano mientras sus ojos oscuros la miraban fijamente.

"Oh, Dios mío, has venido", dijo Becky con alegría.

Ella saltó hacia adelante y pasó sus brazos alrededor de sus hombros abrazándolo, sintiendo la lluvia que cubría su abrigo filtrarse en la parte superior de su ropa tan ajustada.

A ella no le importaba.

Su hombre estaba aquí y eso era todo lo que importaba.

Ella liberó a Jack de abrazo efusivo y puso sus manos empapadas en su cara.

Su expresión seria no había cambiado.

"¿Qué pasa?", Dijo ella.

"Necesitamos hablar."

Becky sintió que su estómago se estremecía, pero se hizo a un lado para dejar que Jack entrara y se quitara las botas mojadas.

Entró en la sala de estar, frotándose los brazos nerviosamente mientras esperaba que Jack le diera las malas noticias, fueran las que fuesen.

A continuación, entró él en la sala de estar, aun con una expresión grave en su rostro demacrado.

"Ponnos una copa por favor", dijo.

Becky se acercó al carrito de licores y sirvió dos brandies.

Le temblaba la mano cuando le tendió uno de los vasos y bebió el suyo rápidamente.

Jack se acercó al sillón con los calcetines bastante húmedos.

La imagen que daba así era un poco cómica.

Ella se hubiera reído si no fuera porque el momento era bastante tenso.

Él se sentó en el borde del asiento, sin acomodarse, sin quitarse el abrigo mientras se preparaba para dar las malas noticias.

Tomó un gran sorbo de brandy antes de hablar.

"Ella lo sabe todo sobre nosotros", dijo después de tomar el licor con un suspiro final.

Becky sintió que sus rodillas se debilitaban, su corazón se aceleraba.

Se sirvió otra copa de brandy.

Caminó hacia el sofá que estaba frente a Jack y se sentó.

"¿Cómo?" Dijo después de otro trago del líquido tibio.

"Le dije."

Becky frunció el ceño.

"¿Le dijiste? ¿Para qué diablos?

"No pude aguantar más".

Becky se levantó.

"Por favor dime que estás bromeando, Jack".

Él sacudió la cabeza negándolo.

"¿Por qué le dirías a tu esposa que estás engañándola?"

Jack levantó la vista de debajo de sus pobladas cejas que le hacían parecer como un travieso cachorro.

"No pude verla estando indiferente y tranquila mientras continuaba escondiendo nuestro sucio secreto".

'Nuestro sucio secreto ¿Eso es todo lo que es para él?' Pensó Becky.

"Bueno, ¿qué dijo ella?", Dijo Becky, haciendo como que no había escuchado el ultimo comentario mientras caminaba de un lado a otro de la habitación.

"Ella está dispuesta a darnos otra oportunidad. Si esto se detiene ".

Becky dejó de caminar y miró la cara de Jack.

"¿Nos? ¿Quieres decir que tú y ella están juntos después de contárselo? "

Jack asintió.

"¿Vas a dejarme así sin más? ¿Porque ella lo dice? "

"Ella es mi esposa."

"¿Y qué era yo?"

"Tú sabes lo que era esto. Te dije que nunca dejaría a mi esposa. Esto siempre fue sexo entre tú y yo ".

'Tú sabes lo que era esto. Pasado. Ya había terminado en su mente. ¿Cómo ha podido hacerme esto?'

A pesar de que él había dicho que nunca iba a dejar a Mary, Becky pensaba que lo podría convencer de que ella era realmente la mujer que él necesitaba.

¿Y no es así?

Parecía que no.

Jack había terminado su bebida y se había levantado para irse.

Becky se acercó a él.

"¿Eso es todo, entonces?", Dijo ella, mirándolo con enojo. "¿Me lo dejas caer así y te vas?"

Jack suspiró mientras la apartaba para dirigirse hacia el pasillo.

"Becky, tengo hijos", dijo, exasperado ahora.

Oh, no, él no se iba a salir así de fácil de esto.

Antes todo eran cumplidos y mensajes burlones y eróticos, con muchos besos al final para tenerme encantada.

Eso es lo que hacen todos, para obtener lo que quieren.

Luego, cuando ya han tenido suficiente, se ponen a la defensiva y tratan de deshacerse de ti.

El verdadero rostro de Jack se mostraba ahora.

Ella no había sido más que una pieza de carne para él, una cogida fácil.

Una escoria.

Una puta.

Esa era la forma en que los hombres siempre la habían tratado. Jack no iba a ser diferente.

"¿Y eso qué? Mucha gente se divorcia hoy en día. Los niños lo superan. Siguen teniendo a los dos padres ", dijo ella con frialdad.

"Son niños, Becky", espetó Jack. "Necesitan una familia. Seguridad. Un papá que siempre está cerca. No uno que aparece un par de veces a la semana ".

¿Y yo que? pensó ella algo egoístamente.

La mujer que no puede tener hijos.

La mujer que siempre y siempre será permanentemente estéril, incapaz de darle una familia a un hombre.

El fenómeno.

La rara.

La que solo es buena para divertirse, para joder.

¿Quién la amaría realmente?

"Iré a tu casa", amenazó. "Le diré lo que hicimos. Cómo me llevaste al bosque en tu auto y me follaste en el asiento trasero. Donde sus hijos se sientan cada día en el viaje a la escuela. Cómo me llevaste al mismo restaurante en donde le propusiste matrimonio a ella. A ver si ella cambia de opinión entonces ".

Jack se giró en la entrada, sus dedos dejaron la capucha que estaba a punto de levantar sobre su cabeza.

"No lo harás".

"Mírame."

Becky vio, por primera vez, una mirada en los ojos de Jack que había visto en muchos hombres antes.

Asco.

Lo que habían tenido entre ellos, lo que fuera que había sido para él, se había ido.

Ella sabía que nunca recuperaría eso.

Su labio superior se curvó cuando se colocó la capucha sobre la cabeza y se inclinó para agarrar sus botas.

Becky sintió que la calidez se desvanecía de su carne, volvía la fría sensación de quedarse atrás.

Abandono.

Ella lo había sentido demasiadas veces antes.

"No puedes simplemente dejarme, Jack", suplicó, sintiendo el familiar chorro de lágrimas que salía de sus ojos.

"Se acabó", dijo bruscamente, su voz enroscada por la ira.

"No me hagas esto, Jack. ¡Por favor!"

Él anudó el encaje de su bota y se enderezó, mirándola desde debajo del refugio de su capucha.

"No te acerques a mí ni a mi familia nunca más. Si lo haces, llamaré a la policía ".

Levantó su mano y dejó caer su llave en el piso.

La llave que ella le había dado con la esperanza de que él viera esto como su verdadero hogar, en el que eventualmente llegaría a vivir en forma permanente.

Fue la última puñalada en su corazón.

Tiró de la puerta y dio un paso rápido hacia el jardín.

Becky estaba de pie en el felpudo, con las mejillas brillando teñidas de lágrimas bajo la luz brillante del salón, observando cómo su alta silueta avanzaba a zancadas a través de la lluvia.

Lejos de ella.

De vuelta a su familia.

Fuera de su vida para siempre.

CAPÍTULO II

Becky miró el interior de su vaso y sintió que la cabeza le daba vueltas.

El whisky dejó un sabor agrio y amargo en su lengua.

Con los dedos temblando sobre el vaso, ella lo levantó y lo arrojó a la pared de la chimenea.

Chocó con el espejo, haciendo que fragmentos de vidrio explotaran y luego cayeran en cascada sobre el suelo y la gruesa alfombra.

Ella saltó del sofá y marchó hacia el teléfono.

Las lágrimas brotaron de sus ojos cuando agarró el auricular, pero se dijo que no iba a llorar más.

Ella se mordió los labios, marcando con determinación el número.

Después de unos momentos, respondió una brusca voz masculina.

"¿Hola?"

"Harry, soy Becky", dijo, sofocando su embriaguez con un resoplido.

"¿Becky? Jesús, ¿para qué llamas en este momento? Son las dos de la mañana ".

"Lo siento. Es solo que ... necesito estar con alguien ".

"¿Qué? ¿En este momento?"

"Sí."

Oyó un crujido en el otro extremo de la línea, el crujido de la garganta seca por los cigarrillos de Harry mientras se movía alrededor de la cama.

"¿Realmente me estás despertando por un polvo en mitad de la madrugada?"

Becky sintió un nudo en el estómago ante sus palabras.

¿Y si ella realmente no necesitara a alguien para satisfacerse?

Sin embargo, a Harry no le importaba eso.

Solo era un hombre típico con solo una cosa en mente.

Ella paró la tentación de explotar.

"¿Por qué no? Es un momento tan bueno como cualquier otro ", dijo algo agitada.

"Tengo que estar despierto a las seis".

"¿Y qué? Puedes dormir mañana por la noche. Y al menos irás a trabajar satisfecho en lugar de bostezando ".

"Estoy destrozado ahora mismo. Lo única forma de no ir bostezando a trabajar es unas cuantas horas más de sueño y no de ejercicio ".

Becky pellizcó sus labios frustrada y agarró sus cigarrillos que estaban colocados junto al teléfono.

Encendió uno y dio una larga y profunda chupada, luego se frotó la sien con el pulgar mientras soltaba el humo espeso.

"Te haré lo que quieras", dijo, y la nicotina le dio suficiente fuerza para intentar seducirlo.

"¿El qué?", Dijo Harry.

"Te meteré mi lengua por tu culo. Te comeré como un hombre se come a una mujer ".

Hubo una pausa y pudo sentir a Harry pensando en el otro extremo.

No muchas mujeres estaban dispuestas a comerle el culo a un hombre y Harry tenía un ano particularmente sensible, su lengua tenía la capacidad de hacer que todo el cuerpo de él se doblara y gritara al mismo tiempo.

Sin embargo, parecía que realmente estaba cansado esta noche. Incluso eso no fue suficiente para tentarlo.

"Oh, Becky. ¿No podrías haber llamado a una mejor hora?

"Me pondré mi correa. Te daré una larga y dura follada ¿Eso es lo que quieres, Harry? Una. Larga. Dura. Follada."

Harry sonaba nervioso y agitado cuando respondió.

Becky sabía que a él se le había puesto la verga dura como una piedra bajo las sábanas ante su explícito y asqueroso coraje.

Pero no importaba con qué intentara tentarlo, él parecía que no se iba a mover.

"Lo siento, Becky. Voy a tener que pasar. ¿Qué tal el viernes por la noche?

Becky vio el cenicero en la mesa de café y aplastó su cigarrillo.

"Eres igual que todos los hombres, ¿verdad? Crees que voy a ir corriendo cuando tú digas. Bueno, ¿sabes qué, Harry? Puedes joderte tú solo. Esa fue tu última oportunidad y la acabas de arruinar ".

"¿Qué ... Becky?"

"Adiós, Harry. Sueño profundo si puedes. ¡Coño! "

Colgó de golpe el teléfono en el receptor.

Becky se sentó en la cama por un momento, su corazón acelerado, su sangre hirviendo, un millón de pensamientos diferentes compitiendo por la precedencia dentro de su cabeza.

¿Cómo podrían hacerle esto?

Una y otra vez.

¿Y por qué ella seguía dejando que lo hicieran?

Cayendo en la misma vieja trampa una y otra vez.

Ella sabía lo que dirían los psiquiatras.

No te valoras lo suficiente.

¿Cómo puede esperar recibir respeto cuando ni siquiera se respeta a sí misma?

Bueno, eso es fácil de decir para ellos.

Quieren saber lo que es sentirse una puta que deja que los hombres usen su cuerpo como si fuera un trapo sucio.

Una madre que se iba a joder con sus novios y dejaba a su hija sola en casa, fría y hambrienta sin nadie quien la quisiera.

Una mujer que la convenció durante años de que su padre no la quería.

Que los había abandonado por su culpa.

Cuando la verdad fue que él se fue intimidado por la sumisión a la que era sometido por ella y demasiado aterrorizado para regresar a su reino de terror.

Becky hundió su rostro en sus manos y dejó que las lágrimas inundaran sus palmas.

Me dejaste, papi.

¿Cómo pudiste dejarme con esa perra psicópata?

Ella se sentó y se obligó a sí misma a que las lágrimas se detuvieran.

La tristeza se convirtió en enojo como el cambio de un interruptor.

Su padre fue un jodido cobarde.

Como todos los hombres.

Caminaban controlados por las bolas que se columpiaban entre sus piernas, pero no tenían las agallas para usarlas.

Sólo una mujer podía hacer eso.

El dolor era demasiado.

Becky necesitaba sexo.

Era lo único que la calmaría.

El sexo calmaría el dolor que sentía por dentro.

Dolor por no ser amada y por ser rechazada, que le hacía sentir como una puta sucia y desechable.

Durante unos breves momentos, un beso apasionado, un impulso lujurioso que la llevara al orgasmo, y se sentiría sanada.

Todo bien de nuevo.

Amada.

El único problema era que se había convertido en una adicción.

Y una vez que todo había terminado, después de que los hombres se marcharan y regresaran con sus esposas o a la siguiente mujer dispuesta a abrir sus piernas, ese lugar oscuro volvería.

Hasta la próxima solución.

Becky no podía soportarlo más.

Ya era suficiente.

Esta vez alguien iba a pagar.

CAPÍTULO III

La venganza es dulce.

O eso dicen.

Becky reflexionó sobre esto mientras se cepillaba el pelo largo y negro en el espejo del tocador.

Estaba desnuda, aparte de un par de bragas negras adornadas con un pequeño lazo rojo.

Sus senos de cuarenta y tres años eran tan firmes como los de una mujer diez años menor que ella.

Era uno de los aspectos positivos de no poder tener hijos.

Ha mantenido su figura y sus esplendidos encantos durante más tiempo.

Cuando las cerdas del cepillo se deslizaron por su cabello, experimentó una calma que no había sentido en años.

Algo finalmente se estaba generando dentro de ella.

Ya no será más una víctima.

Ella estaba luchando.

Ella iba a ser una guerrera.

Seleccionó una barra de lápiz labial rojo oscuro de su maquillaje y se la aplicó con cuidado a los labios, agregando un poco de plenitud dando un milímetro extra alrededor del borde.

El color complementaba su cabello oscuro y su piel aceitunada, dándole un aspecto ligeramente mediterráneo que no podría haber estado más lejos de su herencia británica.

Ella tuvo que admitir que se veía bien.

Ella podría tener un poco de aspereza en la voz por tantos cigarrillos y una infancia de mierda, por no mencionar la bebida, pero sabía cómo presentarse para tener sexo.

Ella había aprendido esa habilidad de su madre, y cuando se dio cuenta de cuán duras eran las chicas del norte, también había aprendido a usarla para su beneficio.

Las chicas sexy tenían poder.

Podrían controlar a los hombres con sus cuerpos, su aroma, y una mirada provocadora.

Cuando Becky lo meditó, se dio cuenta de que era lo que le había permitido sobrevivir durante tantos años.

Se levantó y caminó hacia el espejo de cuerpo entero.

Inclinando su cabeza a un lado, ahuecó sus pechos.

Hizo un mohín con sus labios recién pintados.

Sí, se veía lo suficientemente buena para comer algo apetitoso.

Y para comerte también, pensó con una risa sensual.

En la cama había un vestido rojo.

Corto.

Muy provocador.

Escote bajo para mostrar sus tetas.

Ella deslizó sus pies descalzos en él y lo subió a lo largo de su cuerpo.

Mirándose en el espejo, ella se dio la vuelta y lo abrochó.

Admiraba la tela sedosa, arrugada en las caderas, lo que acentuaba su forma típica de reloj de arena.

Junto a la puerta había una hilera de zapatos de tacones.

Becky se acercó y deslizó sus pies en un par rojo.

El color de esta noche era escarlata.

Rojo por sangre y asesinato.

CAPÍTULO IV

El taxista se detuvo afuera del club.

Becky notó que había dos gorilas junto a las puertas.

Pagó al taxista y salió a la calle iluminada por la luz de la farola, el aire suave tocando sus hombros desnudos mientras la música del club golpeaba bajo sus pies.

Cerró la puerta del taxi y caminó hacia la entrada, colocando la correa de su pequeño bolso rojo sobre su hombro.

Lugar de Encuentro era un moderno club de caballeros que había aparecido en la ciudad hace un par de años.

Hombres de todas las edades iban allí con sus trajes más modernos, empapados en botellas de loción para después del afeitado, tratando de atraer a las chicas del norte que acudían a su olor como perras en celo.

Becky no era la excepción.

Pero esta noche tenía su mente puesta en un hombre en particular.

El lugar era una colmena de actividad, ocupada para una noche de mitad de semana.

Una cantante estaba actuando en el escenario en un lado de la sala y el bar en el otro estaba lleno de los tipos más viejos encorvados sobre vasos de cerveza.

Hombres y mujeres se sentaban en una gran área llena de mesas en el centro de la sala, charlando y mirando hacia el escenario.

Becky se dirigió al bar y llamó a un apuesto joven barman con un corte de pelo estilo pico de viuda.

"¿Ricky está aquí esta noche?", Preguntó ella.

El camarero asintió. "Atrás."

Becky le dio una sonrisa y se alejó del mostrador, notando que los ojos de los hombres más viejos se habían movido de sus bebidas a ella.

Se aseguró de que tuvieran una buena vista de su trasero mientras desaparecía por un corredor que conducía a las oficinas en la parte trasera.

Ricky Morris era el dueño de cinco clubes nocturnos en el área de Maine.

Había ganado su dinero a partir de unos tratos poco fiables en los años noventa y abrió la cadena de clubes de caballeros que había sido un éxito instantáneo con los muchachos juguetones del Norte.

También era conocido por trabajar con strippers y prostitutas, proporcionándoles clientes y recortando sus ganancias.

Becky lo conoció hace dos años en el lanzamiento de *Lugar de Encuentro*.

De todas las mujeres atractivas y chicas guapas que estaban allí esa noche, era a ella a quien se había acercado.

Tal vez reconoció algo de sí mismo en ella, un rasgo masculino que apelaba a su naturaleza ambiciosa y emprendedora.

Una mujer que no se inclinaría ni adularía por su dinero y buena apariencia.

Una mujer que jugaría duro para obtener lo que quería.

Becky llamó a su puerta, pero no esperó una respuesta.

Al entrar en la habitación, vio un destello de carne y olió el inconfundible aroma del sexo.

Una mujer de veintitantos años yacía sobre el escritorio, con los pechos desnudos expuestos a través de un vestido que todavía estaba envuelto alrededor de su cintura.

Ricky la estaba follando desde una posición de pie, pantalones negros alrededor de sus tobillos, el sudor brillando sobre su cabeza afeitada.

Volvió la cabeza ante la interrupción.

"Joder." Se apartó de la mujer y Becky vio su gran polla, inflamada por la excitación, resbaladiza con el jugo de la mujer.

Cuando vio quién había entrado en la habitación, suspiró, se inclinó y se subió los pantalones.

La mujer en la mesa cubrió sus pechos, tratando de ocultar su vergüenza con una risa sensual.

Pequeña zorra, pensó Becky, caminando sin vergüenza dentro de la oficina.

Ricky se estaba abrochando el cinturón de cuero alrededor de la cintura cuando movió la cabeza para que la chica se fuera.

Aun cubriendo sus pechos, se deslizó recatadamente de la mesa, tomó los zapatos de tacón y salió de puntillas de la habitación.

Ricky caminó alrededor de su escritorio, mirando a Becky de reojo, con el rostro enrojecido.

Se sacó un pañuelo del bolsillo de la camisa, se enjugó la frente y metió la mano en un cajón para recuperar una pitillera plateada.

"¿A qué debo el placer?", Dijo, abriendo la caja y sacando un cigarrillo de colores.

Le ofreció uno a Becky.

Ella mantuvo sus ojos en él mientras caminaba hacia el escritorio y tomaba uno de los cigarrillos.

Era escarlata.

"¿Comprobando la calidad de la mercancía de nuevo?", Dijo, colocando el cigarrillo rojo entre sus labios.

Ricky entrecerró sus agudos ojos azules mientras encendía su cigarrillo y luego sostenía el encendedor para encender el de Becky.

"¿Cuál es tu punto para interrumpirme, entrando aquí sin avisar?"

Becky aspiró un poco del cigarrillo encendido.

Ella expulsó el humo que se arrastraba hacia el techo en un delgado hilo.

"Veo que has estado ocupado últimamente."

Ella miró hacia la mesa con una sonrisa.

Las impresiones de sudor donde habían estado las nalgas de la mujer todavía estaban presentes en la superficie del vidrio.

Ricky se sentó pesadamente.

Becky casi podía oír su corazón acelerarse, la sangre todavía bombeando alrededor de su cuerpo de la sesión sexual interrumpida.

Él la estudió con curiosidad.

"¿Ya terminaste?"

Becky negó con la cabeza.

"¿Entonces qué? Noto algo diferente en ti ".

Becky echó hacia atrás su pelo y miró la pecera grande que brillaba detrás de la cabeza de Ricky.

Peces grandes en un estanque muy pequeño, pensó con ironía.

Él podría tener dinero y poder sobre las mujeres, pero sentado allí en su silla sin tener ni idea de lo que estaba por suceder, era tan débil y patético como cualquier otro hombre.

"Supongo que debe ser por el clima del mes", dijo secamente.

Se quitó la bolsa del hombro y la colocó con cuidado sobre la superficie de vidrio que estaba sobre la mesa.

Ricky miró sus movimientos con interés.

Caminó alrededor del escritorio y posó sus nalgas en su borde duro.

Ricky hizo girar su silla, se inclinó hacia atrás y la estudió.

"Estás con ganas", dijo con atención.

"¿Cuándo no lo estoy?", Respondió ella.

Ricky sonrió.

A él le encantaba eso de ella.

Ese apetito audaz y dispuesto para el sexo.

Especialmente de una mujer.

Lo puso duro en segundos. Becky esperó a ver que su polla volvía a despertar mientras movía su cuerpo para mostrar sus pechos.

"Eres una puta", dijo Ricky. "Nada te detiene, ¿verdad? Ni siquiera segundos descuidados en una pequeña zorra.

"Ella era solo el aperitivo. Yo soy el plato principal. El sexo real."

Becky se subió el vestido por el muslo y deslizó los dedos entre sus piernas.

Se había quitado las bragas antes de salir de la casa, así que tenía fácil acceso a los labios desnudos que tenía entre las piernas.

Miró a Ricky y tomó otra chupada del cigarrillo.

El bulto que seguía creciendo en sus pantalones le dijo que planeaba estar dentro de ella en segundos.

Su coño se humedeció ante el pensamiento, intensificado por el conocimiento de que esta vez la satisfacción sería más dulce que cualquier otra.

Puso sus manos sobre la superficie de vidrio, dejando huellas pegajosas de su coño almizclado, y maniobró hasta posicionarse directamente frente a Ricky.

Puso ambos talones en los brazos de la silla, abriendo las piernas para darle la vista completa de lo que tenía entre sus piernas.

La excitación brilló a través de los ojos de Ricky mientras miraba hacia abajo y veía el dulce oculto debajo del pequeño vestido rojo.

"¿Qué se supone que debo hacer con eso?" Dijo sardónicamente, levantando su ceja.

Con los codos sobre la mesa, Becky aún logró fumar mientras respondía con una sonrisa sensual.

Sin palabras.

Ricky apagó su propio cigarrillo aplastándolo sin vergüenza sobre el cristal.

Respiró a través de sus fosas nasales, tal vez para obtener un sabor perfumado de lo que vendría, empapando sus largos dedos frente a sus hermosos labios.

"Voy a comerte hasta que tu coño gotee en mi boca".

Becky sintió un hormigueo en la vulva mientras apretaba los músculos.

Ella siempre había amado a un chico al que le gustara comer coño.

Ricky estaba feliz de saturar su rostro en su jugo, haciendo cosas con su lengua que lo enviaran a otro lugar.

Sería la forma más humana de irse, pensó.

Un miedo eufórico.

Sus grandes manos tocaron sus rodillas y separó sus piernas aún más.

Becky lo miró con una fascinación sombría, evaluando la excitación en sus ojos acerados.

Se pasó la lengua por los labios en broma.

Becky sonrió a sabiendas.

Entonces, antes de que ella pudiera hacer otra cosa, su cabeza estaba entre sus piernas y su lengua caliente y húmeda estaba abriéndose paso dentro de ella.

La cabeza de Becky cayó hacia atrás mientras jadeaba de placer.

"Oh, joder".

Ricky movió su cabeza vorazmente, lamiendo su carne pegajosa.

Comer, probar, respirar su olor almizclado.

"Delicioso", Becky lo escuchó decir con su profundo acento de Vermont.

Ni por asomo iba a saborear algo tan delicioso como su dulce venganza, pensó.

Ricky bajó la cremallera de sus pantalones y sacó su polla, masturbándola con movimientos rápidos y duros de su muñeca.

Becky se preguntó brevemente si él prefería su coño al que había estado follando minutos atrás.

Entonces ella decidió que ya no le importaba.

Todos los hombres eran iguales.

Tontos del culo que abusan de putas y chupan coños. Incluso si tuvieran la capacidad de enviarte a lugares que nunca supiste que existían.

¡La lengua de Ricky era divina!

Becky miró hacia abajo y vio el brillante y redondo cuero cabelludo subiendo y bajando.

Este era su momento.

Tomando aliento, hizo una pausa por un momento, luego juntó sus muslos en un movimiento rápido, cerrando el cuello de Ricky entre sus piernas.

Él se atragantó e intentó alejarse, pero fue en vano.

Becky metió la mano en el bolso rojo y sacó un cuchillo.

Ella agarró la empuñadura con ambas manos y la levantó por encima de la cabeza de Ricky.

Él continuó balbuceando, agarrando sus muslos para abrirlos.

Pero ella no pudo hacerlo.

Ella no podía dejar caer el cuchillo sobre su cabeza.

Ahora que el momento estaba aquí, ya no parecía una fantasía.

Se sentía como una pesadilla.

Ella no era una asesina.

Ella no podía convertirse en algo que no era.

La habían matado por dentro y ella los despreciaba por eso, pero matar a sangre fría la convertía en otra cosa.

La hacía a ella ser menos que ellos.

Becky liberó la presión de sus muslos sobre la cabeza de Ricky.

Salió de la trampa, jadeando y frotándose el cuello.

"Loca puta perra", gritó. "¿A qué estás jugando?"

Becky ya había ocultado el arma en el bolso antes de que Ricky escupiera su ira.

"Pensaba que te gustaría probar algo un poco duro", jadeó, haciendo todo lo posible por ocultar el miedo en su voz.

Ricky apartó sus piernas y se levantó.

"¡No podría respirar!"

Becky jugueteó con su vestido y bajándose de la mesa de vidrio.

Mientras estaba de pie, notó la expresión de duda en los ojos de Ricky.

"Oh, vamos", dijo ella. "Fue un poco divertido".

Consiguió mantener una sonrisa mientras su corazón latía frenéticamente dentro de su pecho.

Ricky no dijo nada, buscando en sus ojos algún tipo de engaño.

Él sería el único que tendría sangre en las manos si supiera que ella había planeado matarlo.

Becky caminó hacia él y se inclinó cerca de su rostro.

Ella besó su mejilla ruborizada, dejando su labio escarlata impreso en su piel.

"Ya he tenido suficiente por hoy. Me iré mejor", dijo ella.

Levantó su bolso de la mesa y caminó hacia la puerta.

Podía sentir los ojos de Ricky clavados en ella.

Penetrante.

Acusatorio.

"Espera", dijo.

Becky se detuvo.

Su corazón se congeló.

Lentamente se dio la vuelta.

El contorno oscuro de Ricky estaba bordeado por el brillante resplandor del agua de la pecera mientras esperaba que hablara.

"Querrás tu dinero", dijo.

Becky frunció el ceño.

"¿Qué dinero?"

"Siempre pago a mis chicas favoritas".

Becky estudió sus ojos.

¿Qué estaba haciendo él?

"Nunca lo has hecho antes".

"Ya es hora de que lo haga".

Cogió un talonario de cheques del escritorio.

Sacó un bolígrafo del bolsillo de su camisa y garabateó algo en de él.

Cuando se lo acercó a Becky, sintió que le picaba el cuello.

Ricky le dio el cheque.

Becky lo tomó y miró la cantidad.

Cuarenta mil dólares.

Ella palideció y miró a Ricky con incredulidad.

"Por servicios debidos", dijo.

Becky miró hacia atrás a la figura fuerte.

Cuarenta mil dólares.

Pagaría su hipoteca.

Ella podría conseguir un auto nuevo.

Salir a flote.

Comprar ropa nueva.

Zapatos de diseño.

Ricky no sonreía mientras la miraba estudiar el cheque.

La mirada que le dirigió fue de preocupación.

Becky miró nerviosamente sus ojos azul acero.

Él sabía que ella había intentado matarlo.

Él la estaba pagando.

Toma el dinero, déjame en paz, no vengas.

Ella no quería decepcionarlo.

Se las arregló para sonreír y luego se volvió para salir de la habitación, su mano temblorosa aun sosteniendo su nueva fortuna.

FIN